histoires ordinaires

binet

Les albums Fluide glacial

Préface

il fut un temps où j'avais peur de rien

j'étais l'oiseau rigolard l'aimable nuage

préservé

et puis un jour on m'a foutu une baffe mais la méga tein

ben mon vieux ça fait mal

et puis une deuxième dis donc sont cons hé qu'est-ce que j'y ai fait à eux

alors

aujourd'hui rien n'est plus jamais comme hier

cet album est dédié à mon père que j'ai bu glisser jusqu'à je sais pas bien où pendant toute une longue année et à mon frère qui m'a inspiré la première histoire de cette série de portraits.

BERTRAND

ou les absents ont toujours tort...

É, MAÎTRE, HOU, HOU, MAÎTRE!

AAAAH, MAÎTRE! MON BIEN AIMÉ DÉFENSEUR, MON PHÉNIX ORATOIRE, MON TRIBUN PLAIDANT, MON ARA PERSUASIF...

J'AI LA BÉQUILLE...

MAIS, TRIPLE IDIOT, SI VOUS NE VOUS EN SERVEZ PAS, ÇA N'A AUCUN INTÉRÊT. CE QU'IL FAUT, C'EST INSPIRER LA PITIÉ!!

AH, BON...

ET MALGRÉ MES RECOMMANDATIONS, JE CONSTATE QUE VOUS AVEZ BU...

OH, JUSTE UN PETIT VERRE POUR ME REMONTER!

UNE DERNIÈRE CHOSE: SURTOUT, LAISSEZ MOI PARLER...

COMPRIS?

JE SERAI MUET COMME UN CAPRE, SILENCIEUX COMME UNE TÔLE ET BOUCHE COUSUE COMME UN MOTUS, Ô, MON DÉFENSEUR!

ON VERRA, ON VERRA!

ALLEZ, ENTRONS, ET TÂCHEZ DE CLAUDIQUER CORRECTEMENT POUR ÉMOUVOIR LE JUGE!

AÏE, AÏE, AÏE, HOU LA LA, QU'EST-CE QUE JE CLAUDIQUE, MÊME UNE BÊTE NE CLAUDIQUERAIT PAS COMME MOI!

CE CON VA TOUT FAIRE RATER!

MESDAMES, MESSIEURS : LA COUR !

YARK AHEUM AHEUM

LA SÉANCE EST OUVERTE !

HUISSIER, VEUILLEZ FAIRE LECTURE DU SUSDIT DOSSIER CI-PRÉSENT INCLUS !

"AFFAIRE LIMET" SONT MIS EN PRÉSENCE POUR LA PARTIE CIVILE MONSIEUR ET MADAME LIMET, PARENTS DU DÉFUNT SANS AVOCAT...

TIENS, VOUS N'AVEZ PAS PRIS UN AVOCAT ?

HEU... NON, IL FALLAIT ?

ÇA SE FAIT, MAIS, SOYEZ SANS INQUIÉTUDE, LA JUSTICE EST AVEUGLE, ELLE SAURA VOIR CLAIR DANS SON VERDICT.

... ET MONSIEUR DUBÈNE GEORGE ICI PRÉSENT...

... DÉFENDU PAR MAÎTRE HÉTALLON, 3, PLACE DU GÉNÉRAL LECLERC, SUR RENDEZ-VOUS UNIQUEMENT !

VOICI LES FAITS : LE 23 SEPTEMBRE À 11 HEURES DU SOIR, LA VOITURE DE MONSIEUR BERTRAND LIMET, 28 ANS, ALLANT PASSER QUELQUES JOURS DANS SA FAMILLE, ARRIVE AU KILOMÈTRE 30 AVANT LEBLANC, CAPITALE DE LA SAVONNETTE. LA CAMIONNETTE DE MONSIEUR DUBÈNE, VENANT EN SENS INVERSE, COUPE LA LIGNE CONTINUE ET S'ÉCRASE SUR CELLE DE MONSIEUR LIMET. UNE PRISE DE SANG RÉVÉLERA QUE MONSIEUR DUBÈNE AVAIT TROIS GRAMMES D'ALCOOL DANS LE SANG. MONSIEUR LIMET, TUÉ SUR LE COUP, N'A PU RÉPONDRE AUX QUESTIONS POSÉES PAR LES ENQUÊTEURS. SEUL, MONSIEUR DUBÈNE AFFIRME NE PAS AVOIR BU CE SOIR LÀ, ET AVOIR ÉTÉ ÉBLOUI PAR LES ESSUIE-GLACES DE LA VOITURE DE MONSIEUR LIMET.

PLEURE PAS, MARIE, ÇA FAIT MAUVAIS EFFET !

JE SAIS, MAIS JE PEUX PAS M'EMPÊCHER...

TU PLEURERAS PLUS TARD, TU VAS AVOIR TOUTE TA VIE POUR LE FAIRE !

JE PEUX PAS M'EMPÊCHER...

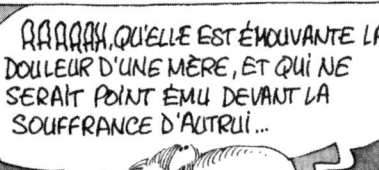

RRAAAH, QU'ELLE EST ÉMOUVANTE LA DOULEUR D'UNE MÈRE, ET QUI NE SERAIT POINT ÉMU DEVANT LA SOUFFRANCE D'AUTRUI...

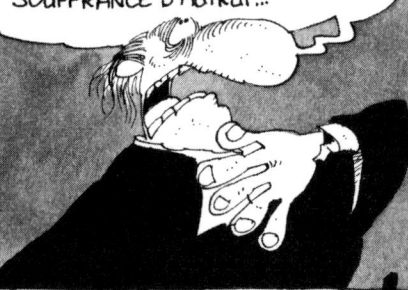

CLOUÉ SUR UN LIT PEDANT DES MOIS, LE CORPS ENTIÈREMENT PLÂTRÉ DES PIEDS À LA TÊTE, IL A SOUFFERT DE LA TÊTE AUX PIEDS...

MAIS SURTOUT AU VENTRE!

MON CLIENT AUSSI A SOUFFERT!

ET SURTOUT AU VENTRE!

... RAPPORT AUX FAYOTS DE LA CLINIQUE QUI ME DONNAIENT DES GAZ...

ET ENCORE, ÇA, C'ÉTAIT RIEN...

... MAIS VOUS AVEZ DÉJÀ ESSAYÉ DE PÉTER ENFERMÉ DANS UN PLÂTRE?

CE CON VA TOUT GÂCHER! IL FAUT ABSOLUMENT QUE JE REPRENNE LE CONTRÔLE DE LA SITUATION!

... J'AVAIS JUSTE UN PETIT TUYAU GLISSÉ DANS L'ANUS...

MOI, J'AI JAMAIS PU PÉTER DANS UN PETIT TUYAU, ON M'A JAMAIS APPRIS...

AAAAH, LA VIE N'A PAS TOUJOURS ÉTÉ DRÔLE POUR MOI!

NON, LA VIE N'A PAS TOUJOURS ÉTÉ DRÔLE POUR LUI...

C'EST CE QUE JE VIENS DE DIRE!

3

ENFANT BRILLANT, CET ALCOOLIQUE NE L'EST DEVENU QUE PAR L'EXEMPLE QUE LUI DONNÈRENT QUOTIDIENNEMENT SES PARENTS!

SON PÈRE BUVAIT DE L'EAU ET SA MÈRE DU JUS DE POMME...

COMMENT, CET ÊTRE FRUSTRE, POUVAIT-IL, DANS CES CONDITIONS, SE MÉFIER DES DANGERS DE LA BOISSON, LUI QUI N'A JAMAIS EU SOUS LES YEUX LE SPECTACLE ABJECT DE LA DÉCHÉANCE ÉCOEURANTE D'UN PÈRE ET D'UNE MÈRE RONGÉS PAR L'ALCOOL?

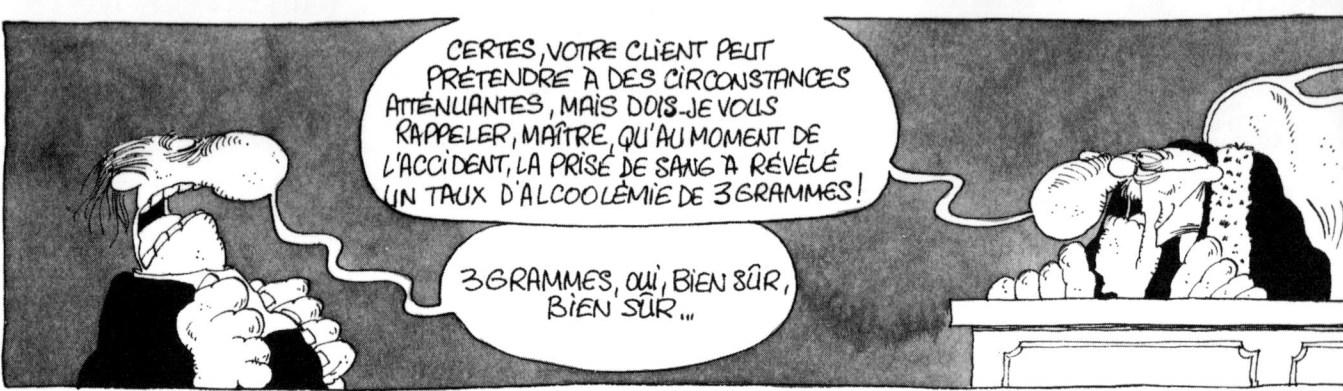

CERTES, VOTRE CLIENT PEUT PRÉTENDRE À DES CIRCONSTANCES ATTÉNUANTES, MAIS DOIS-JE VOUS RAPPELER, MAÎTRE, QU'AU MOMENT DE L'ACCIDENT, LA PRISE DE SANG A RÉVÉLÉ UN TAUX D'ALCOOLÉMIE DE 3 GRAMMES!

3 GRAMMES, OUI, BIEN SÛR, BIEN SÛR...

MAIS 3 PETITS GRAMMES D'ALCOOL DANS UN CORPS DE 73 KILOS, ALLONS NOUS CHICANER POUR SI PEU!

79, MAÎTRE! 79 KILOS, À POIL ET SANS LES POMPES, PENDANT MA CONVALESCENCE J'AI ENGRAISSÉ DE 6 KILOS!

HUIT MOIS DE CONVALESCENCE, COUTURÉ, RAPIÉCÉ, ET SON CORPS MEURTRI PORTE AUJOURD'HUI ENCORE LES SÉQUELLES DE CE DRAME!

CHER AMI, AYEZ L'OBLIGEANCE DE MONTRER VOS SÉQUELLES À LA COUR!

LÀ!

OUI, MESDAMES ET MESSIEURS, VOILÀ!

ET ENCORE, JE RETIRE PAS LE BANDAGE, HEIN, PARCEQUE DESSOUS, HEIN, BEN C'EST PAS BEAU À VOIR!

POUR CONCLURE, JE DIRAIS, QUE, CERTES, LA MORT DE MONSIEUR BERTRAND LIMET EST UNE CHOSE AFFREUSE, MAIS PUISQU'IL FAUT BIEN MOURIR UN JOUR, QUI N'A SOUHAITÉ UNE MORT RAPIDE... QUEL CANCÉREUX, QUEL LÉPREUX N'ASPIRERAIT PAS À UN ÉCLATEMENT DE LA RATE, PROPRE ET RAPIDE? ET LE FAIT QUE MONSIEUR LIMET AIT EU 28 ANS, NE CHANGE RIEN AU PROBLÈME!

A 28 ANS COMME A 60, LES SONDAGES SONT FORMELS, ENTRE UNE MORT A PETIT FEU, ÉDULCORÉE DES AFFRES DE LA SOUFFRANCE, ET UNE MORT SUBITE, 98% DES PERSONNES INTERROGÉES PRÉFÈRENT UNE MORT RAPIDE!

VOILA POURQUOI JE DEMANDE LA RELAXE PURE ET SIMPLE DE MON CLIENT!

BRAVO
CLAP CLAP
BRAVO
BRAVO
CLAP
BRAVO
CLAP
BRAVO

AAAAH, MAÎTRE, VOUS M'AVEZ CONVAINCU!

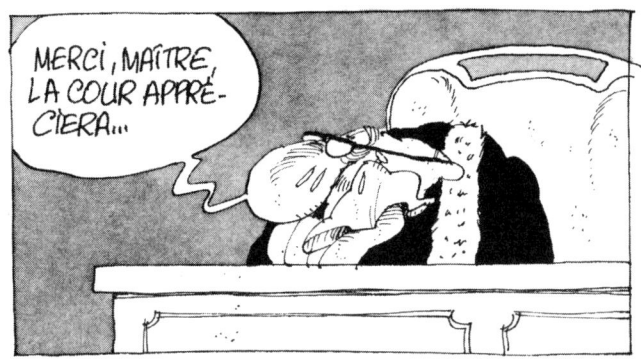

MERCI, MAÎTRE, LA COUR APPRÉCIERA...

LA PAROLE EST MAINTENANT A MONSIEUR ET MADAME LIMET POUR...

EH BIEN, OÙ SONT-ILS PASSÉS?

12 Mars 1978

Mes chers enfants,

Le procureur de la république a requis contre Georges Dubène : trois mois de prison avec sursis et trois mois de retrait de permis de conduire...

Pouvez vous venir manger à la maison Dimanche en 15, on fêtera malgré tout les 28 ans de Bertrand comme c'était prévu.

Je vous embrasse tous.

papa   maman

TOUTE RESSEMBLANCE AVEC DES PERSONNES EXISTANTES NE SERAIT QUE PURE COÏNCIDENCE, PUISQU'ÉVIDEMMENT, J'AI CHANGÉ TOUS LES NOMS. Binet.

(5)

ADÈLE

ou"on m'a pas bien expliqué"

CRIC
CRAC

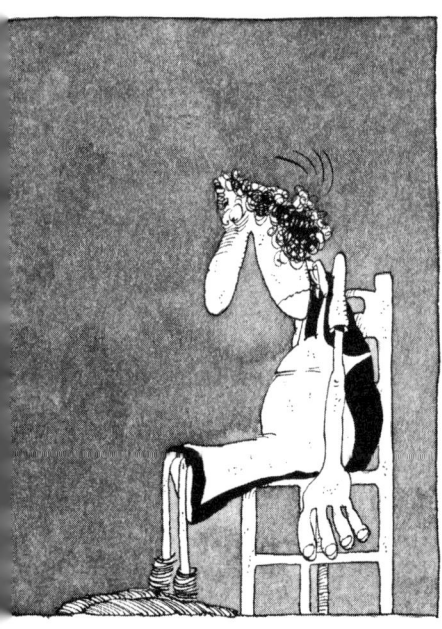

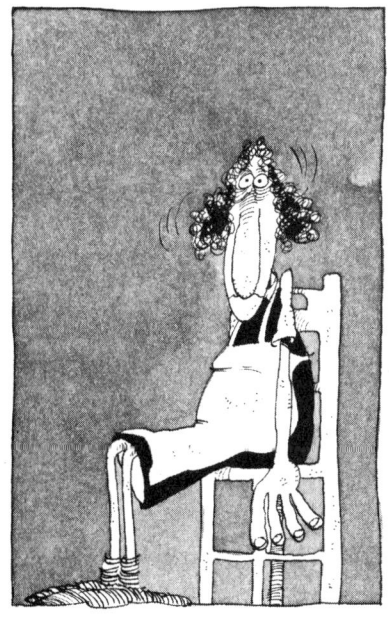

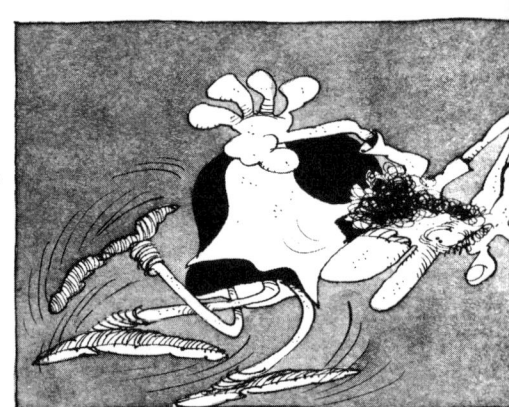

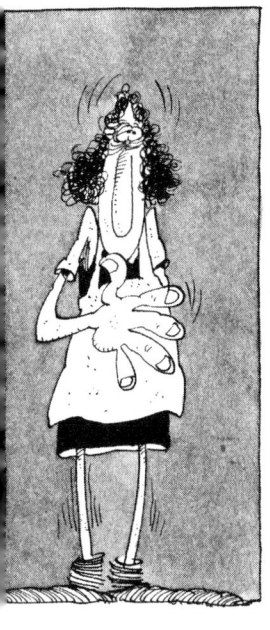

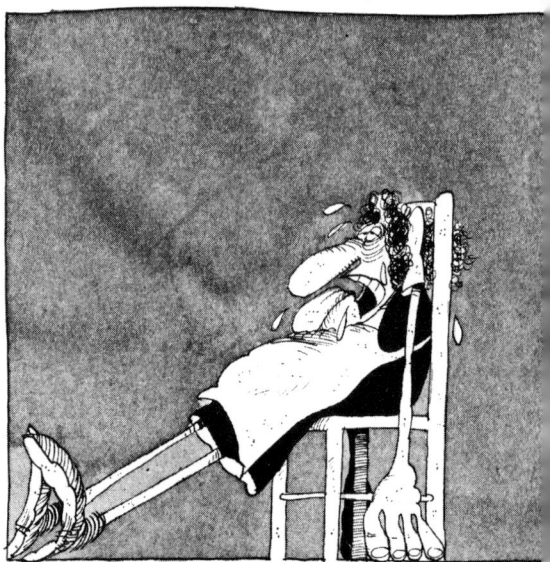

MARTHE ET RICHARD

OU: "JAMAIS SEULS AVEC H.L.M."

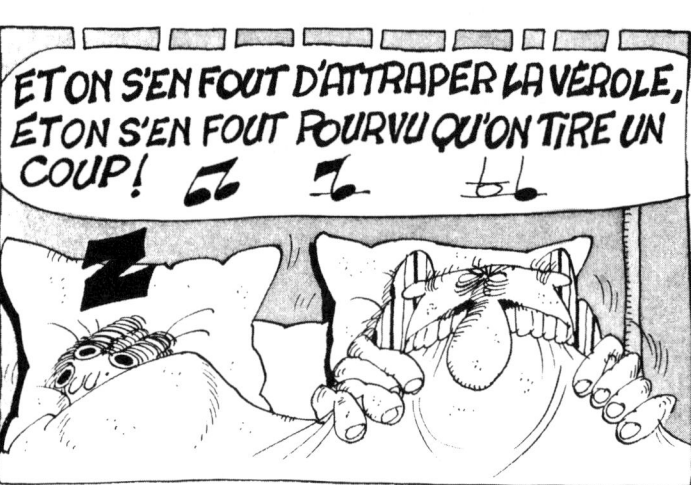

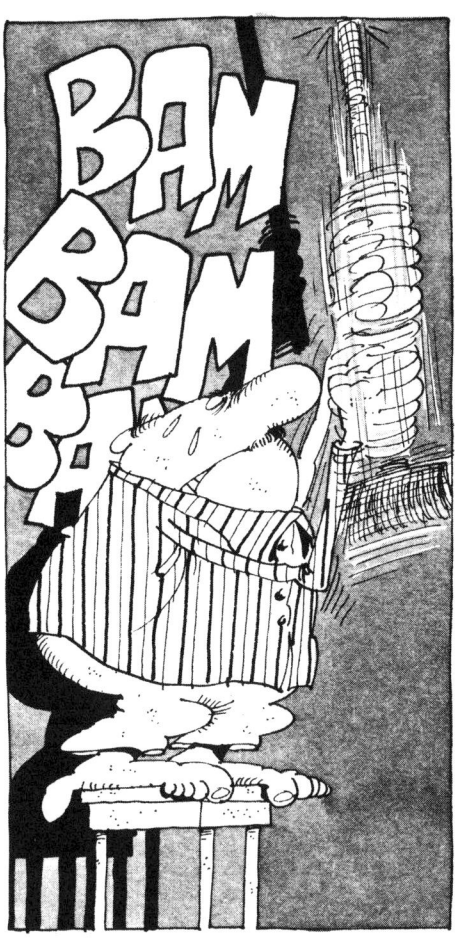

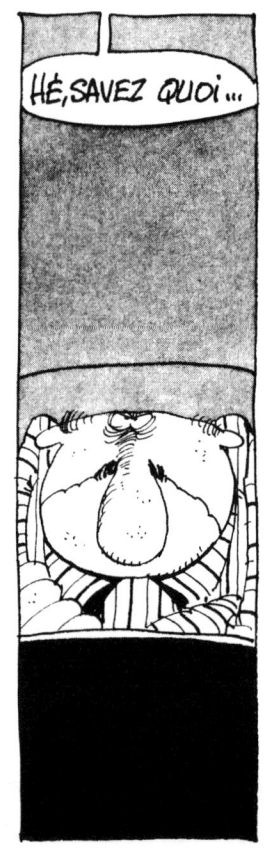

20

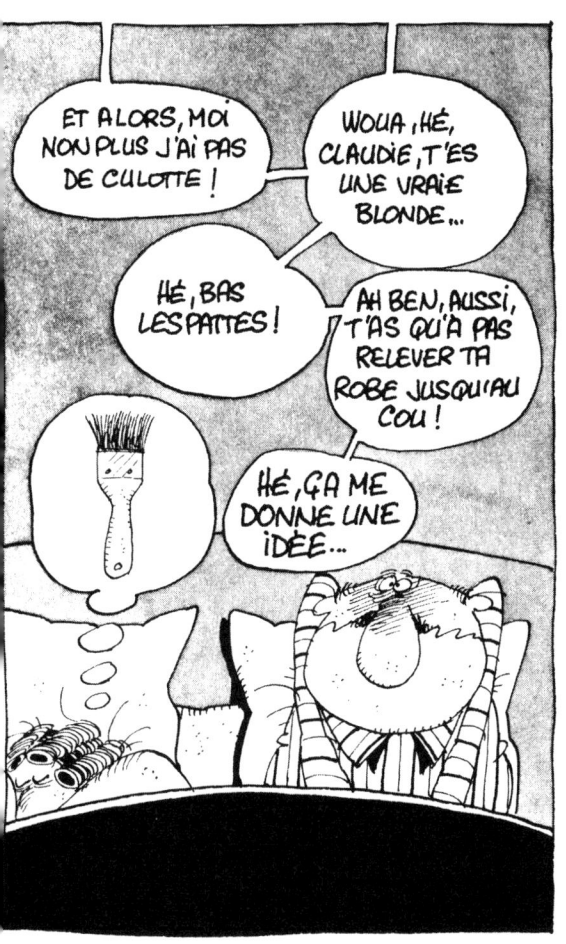

AH, NON, MERDE, ÇA VA PAS !

ALLONS, BON, QU'EST-CE QU'IL Y A ?

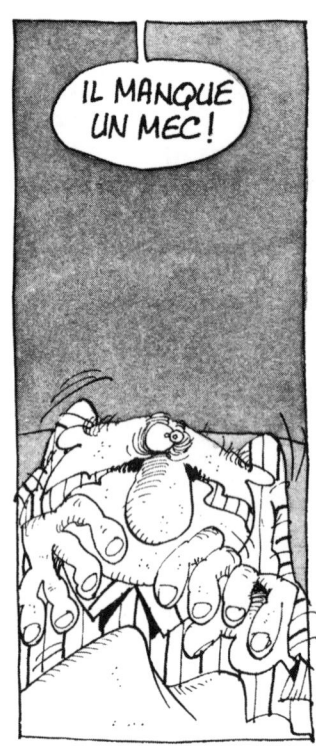

IL MANQUE UN MEC !

BEN, ALORS, COMMENT ON VA FAIRE ?...

J'ARRIVE ! J'ARRIVE !

DRiiiiiNG

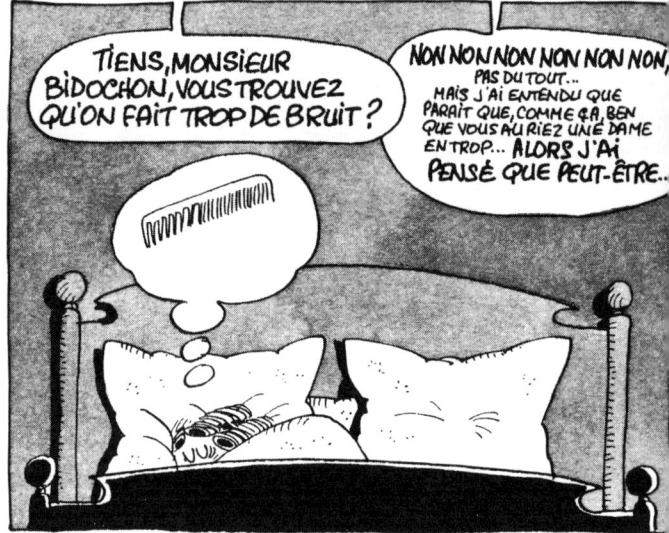

TIENS, MONSIEUR BIDOCHON, VOUS TROUVEZ QU'ON FAIT TROP DE BRUIT ?

NON NON NON NON NON NON, PAS DU TOUT... MAIS J'AI ENTENDU QUE PARAÎT QUE, COMME ÇA, BEN QUE VOUS AURIEZ UNE DAME EN TROP... ALORS J'AI PENSÉ QUE PEUT-ÊTRE...

FORMIDABLE, NOUS AVONS DU RENFORT !

ALORS, VITE, EN PLACE !

LE TEMPS DE RETIRER MON PYJAMA ET JE SUIS À VOUS...

DONNE-MOI TON CUL LARIRETTE, ÉCARTE LES CUISSES MARINETTE...

CAROLE

OU: "qu'est-ce qu'on peut faire quand on est une petite fille et qu'on s'emmerde le mercredi..."

ET QUI... QUI EST LE... LE... LE PÈRE ??

C'EST UN TYPE QUI S'APPELLE PAUL DUBONNET, TU CONNAIS PAS, IL DOIT PASSER TOUT À L'HEURE !

EH BIEN, IL VA ÊTRE BIEN REÇU, CELUI-LÀ !

ET DANS QUELLE CIRCONSTANCE CE... "JOLI MONSIEUR" A-T-IL ABUSÉ DE TOI, SI C'EST PAS TROP TE DEMANDER ?

OH, DERRIÈRE LA FABRIQUE, Y A JAMAIS PERSONNE PAR LÀ...

IL A DÛ SORTIR PAR LA PETITE PORTE DE DERRIÈRE. AU DÉBUT, IL M'A PARLÉ GENTIMENT, ET TOUT EN ME PARLANT, IL A GLISSÉ SA GROSSE MAIN, MUSCLÉE PAR DES ANNÉES DE DUR TRAVAIL, SOUS MA JUPE, POUR ME CARESSER LES JAMBES... IL M'A DIT : "COMME TA PEAU EST DOUCE"... J'Y AI DIT : "COMME TA MAIN EST CHAUDE..."

"...ALORS, TOUT DOUCEMENT, IL A FAIT GLISSER MON SLIP ET RELEVÉ MA ROBE... MA FENTE AU SOLEIL, IL M'A EMBRASSÉ L'AINE... SA MOUSTACHE ME CHATOUILLAIT. J'AI FAIT : "HI, HI"... IL A BAISSÉ SON PANTALON, J'AI VU SON SEXE, ÉNORME, C'EST LA PREMIÈRE FOIS QUE J'EN VOYAIS UN AUSSI GROS...

"...ALORS IL S'EST ÉTENDU SUR LE DOS ET IL M'A DIT : "VIENS SUR MOI". ALORS JE ME SUIS ASSISE SUR LUI. IL ME TENAIT AUX HANCHES. TOUT DOUCE-MENT, IL M'A PÉNÉTRÉE... SOUPIRS... GÉMISSEMENTS... CHALEUR... CHALEUR... CHALEUR...

VOILÀ !

SALOPE, SALOPE, SALOPE, VOILÀ ! NOUS FAIRE ÇA À MOI ET À TA MÈRE... TU Y AS PENSÉ À TA MÈRE...

TU VEUX DIRE GRAND-MÈRE !

TU M'AS APPELÉE, PAPA ?

C'EST PAS PAPA, C'EST GRAND-PÈRE !

26

④

PEUX-TU M'EXPLIQUER LA DIFFÉRENCE ENTRE UNE SERPILLIÈRE ET CETTE CHEMISE PAS REPASSÉE ?

AH, ÇA Y EST ! LA GRANDE SCÈNE DU 4 !

JE TE FERAI REMARQUER QUE JE TE PARLE CALMEMENT, ALORS ME FOUT PAS EN ROGNE !

PLOUM PLOUM PLOUM

J'AIMERAIS SAVOIR QUAND TU AURAS L'INTENTION DE LAVER ET REPASSER MES FRINGUES ?

DÈS QUE J'AI UN MOMENT !

OUAIS, DÈS QUE TU AS UN MOMENT... ÇA FAIT 4 ANS QUE T'EN CHERCHES DES MOMENTS ! TU EN TROUVERAIS SI TU PASSAIS PAS TON TEMPS À DES CONNERIES !

DES CONNERIES, MES SCULPTURES EN BOÎTES DE FROMAGES !!! DÉCIDÉMENT, T'ES COMPLÈTEMENT FERMÉ À TOUTE FORME D'ART !

HIER, ENCORE, AU BUREAU, J'AI EU DROIT AUX CRITIQUES ACERBES DE LOUVET, DEVANT TOUT LE MONDE, SUR MA TENUE QUALIFIÉE DE "DOUTEUSE". LA FOISSE QUI PEUT PAS ME BLAIRER, EN JUBILAIT !

SI IL VOYAIT LE BORDEL QU'IL Y A ICI !

OH, LE BORDEL...

PARFAITEMENT ! LE BORDEL !

AH, HÉ, HO, NE CRIE PAS, HEIN !

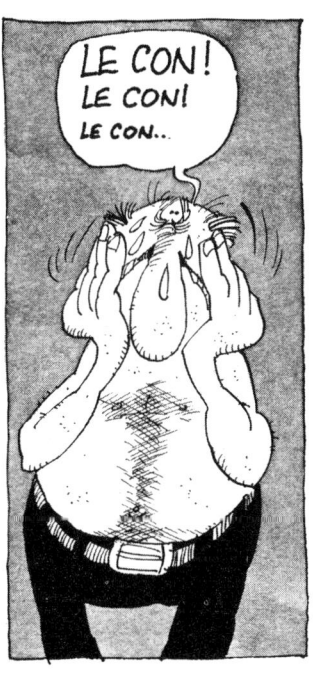

grand, svelte, admirablement pris dans
sa taille... Peut-être pourrait-on lui
reprocher la superbe assurance de ses
manières, mais il savait, à propos,
tempérer l'orgueil par une élégance
ineffable, une adorable coquetterie
dont les grâces magiques prêtaient
à son regard, à son geste, à son
sourire, une irrésistible douceur.

Lavandou
(22 Juillet)

la chaleur du sang espagnol
qu'il tenait de sa mère se
trahissait dans l'étincelle
humide de ses yeux limpides
et rayonnants, dans l'appel
muet de ses lèvres pourprées,
dans les mouvements onduleux
de son corps souple dans les
caresses de sa voix toute pleine
de sons purs et veloutés.

– "Rejoindras-tu ta femme, ô
mon aimé ?"
– " Non, je reste, tout comme
ces voyageurs sous les
ombrages odorants des
Antilles qui recèlent des
poisons dans leurs parfums.
Je n'ai plus la force de
secouer le sommeil eni-
vrant où me berce notre
naissante passion."
Je lui pris la tête entre mes
mains, je regardai avec des
yeux enflammés, sous les
pleurs, et, pâle d'amour, je
le baisai au front. Il frisson-
na de la tête aux pieds.

Nice
(Août)

ses yeux se fermèrent et sa bouche égarée me rendit mon baiser.

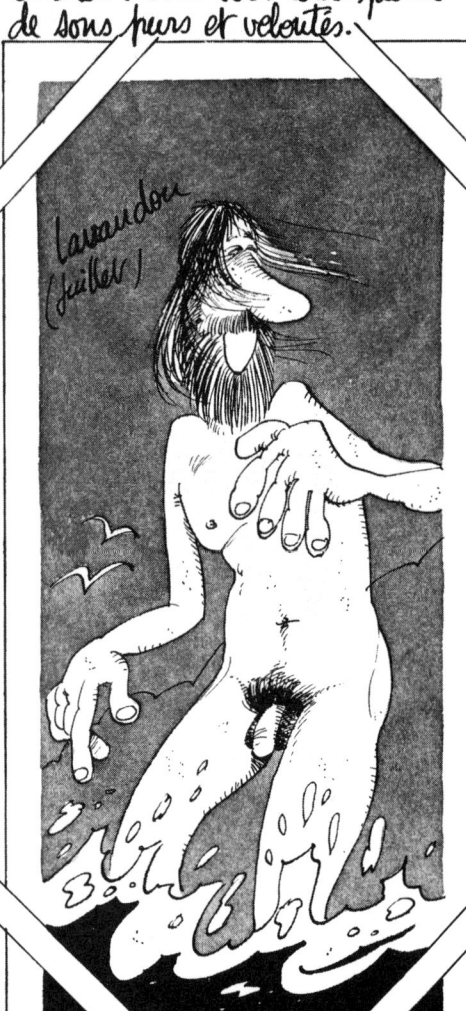

Lavandou
(Juillet)

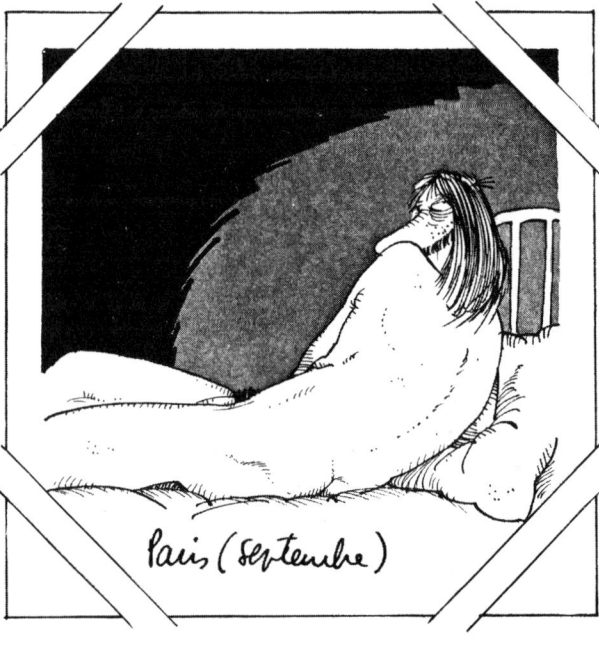

Paris (septembre)

"Je t'aime avec
l'emportement
d'un fou et
l'épouvante
d'un enfant.
Ta voix m'éni-
vre et je ne
l'entends ja-
mais que mille
rêves n'assiè-
gent mon
âme éperdue..
Ton regard me
suit dans l'ombre
et passe dans
mes veines comme
une flamme ...

④

VIEUX FOU VIEUX CON

MAIS ILS DORMENT, CES GENS MÉCHANTS, EUX QUI M'ONT VOLÉ JUSQU'À MON SOMMEIL !... ILS DORMENT ! SI NOIRS DANS LEUR DRAPS BLANCS, LEUR CONSCIENCE SOUS LE MATELAS POUR SE LA REMETTRE DEMAIN MATIN AVEC DES BEAUX PLIS BIEN FAITS !...

GENS MÉCHANTS, M'EN AVEZ-VOUS FAIT VOIR, A MOI ET A MA PAUVRE JEANNE, POUR VOUS APPROPRIER CES QUATRE AUSSI VIEUX MURS QUE MOI !...

AUJOURD'HUI, C'EST FAIT, JE PARS! MAIS PAS POUR UN HOSPICE GRIS-TERNE, JE PARS DANS UN FEU D'ARTIFICE, NU DANS MA BAIGNOIRE PLEINE D'EAU, LE CORPS ENROULÉ DE FILS ÉLECTRIQUES.

SUFFIRA DE BRANCHER, ET PFUIT, ADIEU VIEUX FOU, IL N'Y AURA PLUS QU'UN TAS DE CENDRES FUMANTES AU SOURIRE INSOLENT !...

... MON SEUL REGRET SERA DE NE PAS ÊTRE LÀ POUR JOUIR DE CE SPECTACLE !

ET SI JE TÉLÉPHONAIS POUR LEUR DIRE LEUR FAIT A CES ÊTRES VILS... MAIS OUI ! J'AI LA RÉPARTIE CINGLANTE, TOC, JE LES APPELLE ET JE LEUR BALANCE UNE RÉPLIQUE PLEINE D'AIGREUR, DU STYLE, HEU... "VA DONC, HÉ!" ET MÊME, J'AJOUTERAI: "NANANÈRE" POUR DONNER PLUS DE FORCE À L'ACUITÉ DE MON PROPOS!

SCROUIC SCROUIC SCROUIC
SCROUIC SCROUIC
SCROUIC SCROUIC

1

ET QUI T'ES, D'ABORD, HEIN, BRANLEUR! QUI T'ES? OSE UN PEU DIRE TON NOM POUR VOIR, TERRORISTE!

JE SUIS CELUI A QUI VOUS AVEZ TOUT PRIS, LE POTAGER, LA MAISON, LES CLAPIERS, JUSQU'À LA TOILETTE DU FOND DU JARDIN...

LE VIEUX CON! C'EST LE VIEUX CON QUI FAIT DES SIENNES AU BEAU MILIEU DE LA NUIT! AH, AH, AH, JE ME SUIS FAIT AVOIR COMME UN BLEU...

ÉCOUTE, VIEUX CON! ON EST EN AFFAIRE TOUS LES DEUX, ALORS, J'ACCEP-TE LA PLAISANTERIE, MAIS MAINTENANT, TU TE REPIEUTES, ET SI T'AS DES INSOMNIES, T'AS QU'À TE BRANLER, ÇA OCCUPE! **CLONC**

MAIS, JE...

IL A RACCROCHÉ!

TU TE COUCHES PAS?

JE PISSE!

"... ET MAINTENANT, IL EST ALLÉ SE RECOUCHER!

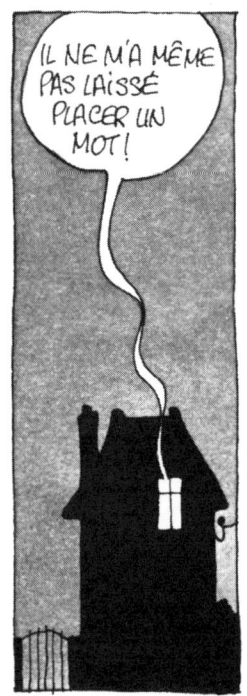

IL NE M'A MÊME PAS LAISSÉ PLACER UN MOT!

OOOH, ET PUIS, TANT PIS, HEIN, JE REFAIS LE NUMÉRO ET CETTE FOIS, IL M'ÉCOUTERA!

DRIIIIIING

AH, MAIS C'EST PAS VRAI! SI C'EST ENCORE LUI, JE LE TUE!

CALME-TOI, ROGER, C'EST UN VIEUX!

ALLO, OUAIS?

VOUS ALLEZ M'ÉCOUTER, DELUBÈNE, VOUS M'ENTENDEZ, VOUS ALLEZ M'ÉCOUTER!

ALORS, ACCOUCHE, VIEUX CON, MAIS EN VITESSE, HEIN, PARCE QUE JE PERDS PATIENCE!!

3

VOILÀ, DE LUBÈNE, J'AIMERAIS NE PLUS VOUS VENDRE MA MAISON!

ÉCOUTE, MON PÔTE, C'EST TROP TARD, T'AS SIGNÉ LES PAPIERS ET J'AI DÉJÀ PRIS MES DISPOSITIONS. DEMAIN, ON RASE TA BARAQUE ET ON AMÉNAGE: TENNIS SUR TES SALADES, SOLARIUM À LA PLACE DES CHIOTTES ET GARAGE POUR LA ROLLS À LA PLACE DE TA BICOQUE. ON ÉTAIT D'ACCORD, IL FALLAIT Y PENSER AVANT!

J'AI ÉTÉ ENTRAÎNÉ DANS UN TOURBILLON, DE LUBÈNE, VOUS M'AVEZ NOYÉ DE PAPERASSES, HARCELÉ JOUR ET NUIT. J'AI SIGNÉ PAR FATIGUE!

TARATATA, HÉ, BOUHOMME, FAUT PAS ESSAYER DE FAIRE CROIRE QUE JE T'AI ARNAQUÉ, HEIN...

NON, DE LUBÈNE, MAIS...

ET PUIS QUOI, MERDE, JE T'AI EU UNE PLACE À L'HOSPICE PAR LE DÉPUTÉ EN PERSONNE! UN PASSE-DROIT, PÉPÈRE, JE SAIS PAS SI TU VOIS...

OH, VOUS SAVEZ, MOI, L'HOSPICE...

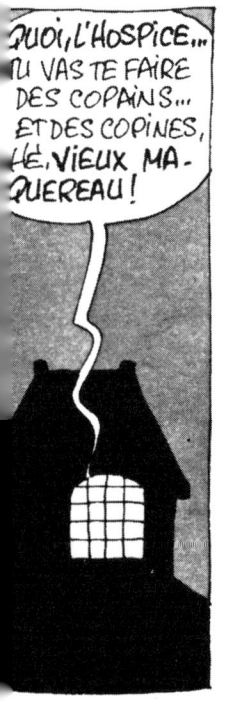

QUOI, L'HOSPICE... TU VAS TE FAIRE DES COPAINS... ET DES COPINES, HÉ, VIEUX MAQUEREAU!

À TON ÂGE, ON A ENCORE DES RESSOURCES, HEIN, TU TROUVERAS BIEN UNE PETITE VIEILLE À TROUSSER, HA, HA, HA, HA, VIEUX FOUTEUR, VA, ET PUIS, VOUS, LES VIEUX, VOUS ÊTES COMME DES GOSSES. TU VERRAS, JE SUIS SÛR QUE TU VAS T'MARRER COMME UN FOU!

NON, NON, DE LUBÈNE, JE SUPPORTERAI PAS, C'EST MA MAISON OU JE ME TUE, VOUS ENTENDEZ, DE LUBÈNE, JE ME TUE!

C'EST ÇA, C'EST ÇA, BON, BEN, DEMAIN, SI T'ES PAS MORT, TU ME TÉLÉPHONES ET JE T'EMMÈNE AVEC TES VALOCHES DANS TA RÉSIDENCE. IL EST PAS SYMPA AVEC GRAND-PÈRE LE PAPA DE LUBÈNE?

NON, NON, DE LUBÈNE, JE ME TUE, JE ME TUE, C'EST VRAI, VOUS SAVEZ...

4

NE RECOMMENCEZ JAMAIS ÇA!

OK, POUPÉE, JE ME RENDS! FAUT PAS TE FÂCHER POUR UN PETIT BÉCOT... HU!

ARF ARF

BON, ASSEYEZ-VOUS, JE VOUS SERS! C'EST PAS VOTRE VRAI NOM, JOJO, QUAND MÊME?

WOUA, HÉ, NON, C'EST LUDOVIC, MAIS ÇA FAIT EAU MINÉRALE, ET, MOI, L'EAU MINÉRALE...

VOUS ÊTES PARTANT POUR UN WHISKY, ALORS?

NATURLICHE, HÉ, MOI, QUAND JE BOIS UN ALCOOL FORT, ÇA ME FAIT DRESSER LA TRIQUE, HÉ, HU, PAS VOUS? HÉ, HARK, HARK, HÉ, HEIN?

CLIC CLIC

MÊME, DES FOIS, SI ON AJOUTE DE LA CANNELLE ET DU POIVRE, ÇA FAIT DU CHIÉ AFFREUX DYSIAQUE!

INTÉRESSANT!

JE LE SAIS, JE L'AI EXPÉRIMENTÉ SUR MA FEMME! J'Y AI DIT: "TIENS, CÂLE-TOI ÇA DERRIÈRE LA CRAVA-TE, TU VAS VOIR, ÇA VA TE CHAUF-FER LE CUL À TE DONNER L'ENVIE DE BAISER PENDANT TROIS JOURS SANS DÉBANDER, HÉ, ARK, HO, **BAISER PENDANT TROIS JOURS,** HÉ, HEIN!

CLIC CLIC CLIC

POUÊT POUÊT

BEN, ELLE A TOUT BU, HÉ, LA VACHE, HU!

AH OUI?

APRÈS, PENDANT TROIS JOURS, ELLE A DÉGUEULÉ, MAIS DÉGUEULÉ... J'AI CRU QU'ELLE ALLAIT Y PASSER!

AH, BON?

NOTEZ, QUE ÇA, C'EST DU GERMAINE TOUTE CRACHÉE, SI JE PEUX DIRE! ELLE EST PAS BAISEUSE! GERMAINE, C'EST L'HIVER EN SIBÉRIE!

AH, TIENS!

TENEZ!

AAAAH, MERCI!

"C'EST CE QUI VOUS EXPLIQUE QUE JE CHERCHE UNE NANA A BAISER!

AH OUI?

J'AURAIS CE QUI FAUT CHEZ MOI, POURQUOI QUE J'IRAIS CHERCHER AILLEURS..."

AH TIENS!

QUAND ELLE S'ARRANGE UN PEU, GERMAINE ELLE EST PAS PLUS MOCHE QU'UNE AUTRE, MAIS QUAND ON N'AIME PAS BAISER, ON N'AIME PAS BAISER! ON PEUT PAS ALLER CONTRE SA NATURE!

AH, BON!

ALORS, J'EPLUCHE LES ANNONCES DE PORNO-MAGAZINE ET C'EST COMME ÇA QUE J'AI VU LA TIENNE, HÉ, COCOTTE! ARK, ARK!

PM 347 : Belle chatte racée cherche matou vigoureux pour duo en chambre.

J'AI DIT, CETTE GONZESSE, C'EST POUR MA POMME! HÉ, HEIN!

"ET QUAND JE DIS MA POMME, C'EST PLUTÔT MA BANANE, HÉ, HEIN, ARK, ARK!

CLIC CLIC CLIC

42

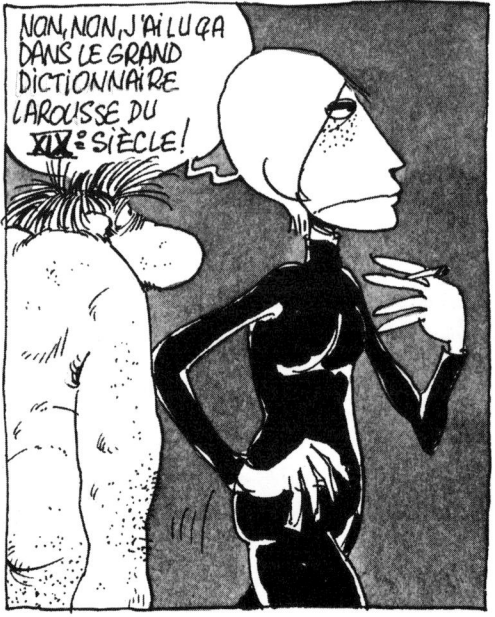

PÉDÉRASTIE: LORSQUE LE PÉNIS EST TRÈS VOLUMINEUX, IL NE DIMINUE POINT GRADUELLEMENT DE LA BASE AU SOMMET ; C'EST L'EXTRÉMITÉ DU GLAND QUI EST EFFILÉE, ALLONGÉE DÉMESURÉMENT, ET, EN OUTRE, LA VERGE EST TORDUE SUR ELLE-MÊME DANS LE SENS DE LA LONGUEUR, DE SORTE QUE LE MÉAT URINAIRE, AU LIEU DE SE TROUVER DANS LE SENS VERTICAL, SE DIRIGE OBLIQUEMENT À DROITE OU À GAUCHE. CES DÉFORMATIONS PROVIENNENT, DANS LE PREMIER CAS, DE LA FORME INFUNDIBULLIFORME DE L'ANUS, SUR LEQUEL LA VERGE SE MOULE, EN QUELQUE SORTE, ET DANS LE SECOND CAS, LA TORSION EST PRODUITE PAR LA RÉSISTANCE DU SPHINCTER ANAL, QUE LA VERGE, TROP VOLUMINEUSE, NE PEUT TRAVERSER QUE PAR UN MOUVEMENT DE VIS OU DE TIRE-BOUCHON.

GUIGNOL ET KIRSCH

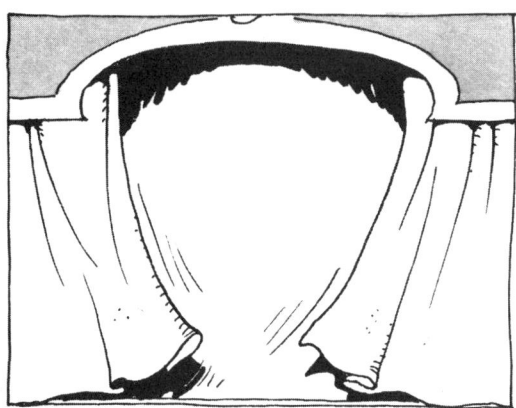

AH, AAH, Y A PAPAS DE GENDADARME EN VUVUE?

NOOOOOOOONNN

Y A RIENRIEN EN VUVUE?

NOON GUIGNOOOOL

Y A QU'UNE BANDE DE PETITS CONCONS EN VUVUE, ALORS, ET QUI RÉPÉPÈTE TOUJOURS LA MÊME CHOCHOSE, HEIN?

OUIIII GUIIIGNOOOL

NON GUIGNOL, OUI GUIGNOL, MERCI GUIGNOL, CACA GUIGNOL! C'EST TOUT CE QUE VOUS SAVEZ DIRE, TAS DE "PISSE AU LIT"!!

OUIIII GUIGNOOL

20 ANS! 20 ANS QUE JE FAIS CE BOULOT DE CON! 20 ANS QUE JE RÉPÈTE LE MÊME SCÉNARIO DÉBILE EN PARLANT PETIT NÈGRE A CETTE BANDE DE TROUS DU CUL!

OUIII GUIGNOOOL!

MAIS, VOUS SAVEZ PAS DIRE AUTRE CHOSE QUE "OUI GUIGNOL", MÊÊÊÊRDE!

OUIIII GUIIGNOOL

REGARDEZ-MOI ÇA, CETTE BANDE DE PETITS CONS! PETITS CONS! **PETITS CONS! PETITS CONS!**

TIENS, ET CELUI LÀ, AU PREMIER RANG, LA, LE GROS JOUFFLU QUI BOUFFE DES CACAHUÈTES... NON, MAIS, RE-GARDEZ-MOI CETTE GUEULE DE MERLAN FRIT! IL A PAS L'AIR CON, PEUT-ÊTRE?

2

TU CROIS QUE JE TE VOIS PAS, HEIN, FACE DE CRABE, TU CROIS ÇA, HEIN?

Ouiiiiiii

Y FERME MÊME PAS LA BOUCHE QUAND Y BOUFFE, DIS DONC, JE L'ENTENDS D'ICI!

SAPÉ COMME T'ES, T'ES ENCORE UN GOSSE DE RICHE! ON ENVOIE LE GAMIN AU SPECTACLE DU PÈRE KIRSCH, COMME ÇA, PENDANT CE TEMPS, LES PARENTS, Y BAISENT TRANQUILLES.

EN ARRIVER LÀ APRÈS LA CARRIÈRE QUE J'AI EUE...

GRAND COMME ÇA, MON NOM SUR LES AFFICHES!

ABRAHAM KIRSCH ET SES MARIONNETTES FÉÉRIQUES!

Ouiiiiiii GuiiiGNOOOL

J'AI JOUÉ DEVANT LES PRINCES ET LES ROIS DU MONDE ENTIER! TANDIS QUE MAINTENANT...

JE FAIS LE PITRE DEVANT UNE DIZAINE DE PETITS SINGES ENDIMANCHÉS QUI ME DONNENT ENVIE DE DÉGUEULER!

Ouiii GuiiGNOOL!

HEIN, GROS JOUFFLU QUE TU ME DONNES ENVIE DE DÉGUEULER, HEIN?

Ouiiii

TIENS, ET L'AUTRE SAUTERELLE, À COTÉ, ÇA ATTENDRA PAS TREIZE ANS POUR SE FAIRE SAUTER DERRIÈRE UN TAILLIS! C'EST À PARIER!

Ouiiii

TROU À BITE! SALOPE!

Ouiiiiiiiiiiiiiiiii

3

NOOÒN GUIIGNOOL

BRAVOOO GUIGNOOL

POUM GUIIGNOL

POOOOUUM

TSSS, UN MARIONNETTISTE FAIT PEUR À DES ENFANTS PENDANT SON SPECTACLE EN LEUR FAISANT CROIRE QU'IL VA SE FAIRE SAUTER AVEC UNE GRENADE!

HEUREUSEMENT QUE C'ÉTAIT BIDON!

C'EST DINGUE CES HISTOIRES!

IL Y A QUINZE JOURS, C'EST UN DESSINATEUR DE BANDE DESSINÉE POUR ENFANTS QUI FAIT MINE DE SE SUICIDER AVEC UN PISTOLET À EAU EN PLEINE SÉANCE DE DÉDICACE, HIER, C'EST CE MARIONNETTISTE...

T'EMMÈNES PAS LE GOSSE AU CIRQUE, DU COUP?

AA, C'EST VRAI, MERDE, JE LUI AVAIS PROMIS... BON, BEN, LE TEMPS DE ME CHANGER, ET ON Y VA!

OLIVIER, METS TON MANTEAU, TON PÈRE T'EMMÈNE AU CIRQUE!

AAH, CHOUETTE!

BON, JE SUIS PRÊT, EN ROUTE!

ET LE CLOWN, IL A INTÉRÊT À BIEN SE TENIR!

5

51

les albums FLUIDE GLACIAL

© **Binet et Audie-Fluide Glacial**
Éditions Audie, 33, avenue du Maine, BP 187, 75755 Paris Cedex 15. Tél.: 01.43.20.23.96
Imprimé par Maury et relié par Brun à Malesherbes
Dépôt légal avril 1997. Dépôt initial mai 1979. ISBN 2-85815-062-1
Diffusion France et étranger : Flammarion